Analyse de l'œuvre

Par Elodie Thiébaut et Pauline Coullet

Le Vieil Homme et la Mer

d'Ernest Hemingway

lePetitLittéraire.fr

Rendez-vous sur lepetitlitteraire.fr et découvrez :

Plus de 1200 analyses
Claires et synthétiques
Téléchargeables en 30 secondes
À imprimer chez soi

ERNEST HEMINGWAY

ÉCRIVAIN ET JOURNALISTE AMÉRICAIN

- **Né en 1899 à Oak Park (États-Unis)**
- **Décédé en 1961 à Ketchum (États-Unis)**
- **Quelques-unes de ses œuvres :**
  - *Le soleil se lève aussi* (1926), roman
  - *L'Adieu aux armes* (1929), roman
  - *Pour qui sonne le glas* (1940), roman

Ernest Hemingway est un écrivain américain né dans une famille aisée à Oak Park dans l'Illinois. À l'issue de ses études, il travaille comme reporter, puis, encouragé par ses amis à se consacrer à la littérature, il publie son premier roman, *Le soleil se lève aussi*, qui lui fait connaitre le succès. Il participe ensuite à la guerre d'Espagne (1936-1939), puis au débarquement des Alliés en France (1944), comme correspondant de guerre. Deux ans après l'échec du roman *Au-delà du fleuve et sous les Arbres* (1950), il publie *Le Vieil Homme et la Mer* (1952). Nombre de ses œuvres ont été adaptées à la télévision et au cinéma.

LE VIEIL HOMME ET LA MER

LE RÉCIT D'UN COMBAT ÉPIQUE
ENTRE UN VIEIL HOMME ET UN POISSON

- **Genre :** roman
- **Édition de référence :** *Le Vieil Homme et la Mer*, traduit de l'anglais par Jean Dutourd, Paris, Folio, 1970, 150 p.
- **1ʳᵉ édition :** 1952
- **Thématiques :** solitude, amitié, nature, combat, courage, mort

Le Vieil Homme et la Mer, dernier livre publié du vivant de l'auteur, lui a valu le prix Pulitzer l'année suivante et le prix Nobel de littérature en 1954.

L'histoire se déroule à Cuba, où un vieux pêcheur nommé Santiago n'a pas attrapé un seul gros poisson depuis 84 jours. Alors qu'il pêchait habituellement dans le Gulf Stream avec Manolin, un jeune garçon auquel il a transmis sa technique, les parents de ce dernier l'ont obligé à embarquer sur un autre bateau pour qu'il attrape davantage de poissons. Le matin du 85ᵉ jour, à l'aube, Santiago part seul, loin des côtes, en quête d'une grosse prise. À midi, il ferre un énorme espadon, contre lequel il livre un combat acharné pendant trois jours. Quand l'espadon est enfin vaincu, des requins mangent le poisson mort et, lorsque Santiago, épuisé, atteint le port, il ne reste plus que le squelette de l'espadon.

RÉSUMÉ

UN PÊCHEUR MALCHANCEUX

L'histoire se déroule à Cuba, dans un village de pêcheurs. L'auteur décrit la vie difficile de ces hommes. Néanmoins, il existe une certaine solidarité entre eux. C'est là que vivent Santiago, un vieux pêcheur solitaire et très pauvre qui n'a pas attrapé de gros poisson depuis 84 jours, et Manolin, un jeune garçon qui a appris à pêcher avec lui. Tout le monde pense que Santiago est malchanceux et plus personne ne croit en lui, sauf Manolin qui est très attaché au vieil homme. Ce dernier l'accompagnait auparavant, mais ses parents, considérant que le vieil homme était « guignard » (p. 5), l'ont embarqué « sur un autre bateau, lequel en une semaine ramène trois poissons superbes » (*ibid.*).

Lorsqu'il rentre de la pêche, Manolin s'efforce de réconforter et de prendre soin de Santiago : il lui procure des appâts et lui apporte de la nourriture.

LE DÉPART EN MER

Un jour, décidé à conjurer le sort, le vieil homme part seul en mer. Il passe le port et s'éloigne des autres pêcheurs restés près des côtes. Il se dirige vers les « bancs de bonites et d'albacores » (p. 35), où il pense pouvoir attraper un gros poisson. Il pose ses appâts avant le lever du jour, puis surveille la position de ses lignes. Il continue ensuite à ramer vers le lieu de chasse d'un aigle de mer. Là, il aperçoit « des taches rouges de plancton » (p. 42), ce dont il se réjouit, car cela signifie qu'il se trouve dans une zone où nagent de nombreux poissons. En effet, il est bientôt entouré de thons qui sautent de toutes parts. Il en attrape un et décide de le garder pour s'en servir comme appât, mais il sera finalement contraint de le manger le lendemain pour reprendre des forces. Puis, tandis qu'il continue de surveiller ses lignes, il s'aperçoit qu'un flotteur s'enfonce brusquement. Le vieil homme, à l'affut, use de toute son expérience pour que le poisson, qui est en train de manger les sardines, morde à l'hameçon. Enfin, à midi, il ferre un poisson qui s'avère être très gros.

UNE TERRIBLE LUTTE

Commence alors une véritable lutte entre le pêcheur et le poisson. Le poisson tire sans cesse sur la ligne, et Santiago est obligé de laisser sa barque dériver vers le large, se dé-barrassant des autres lignes qui le gênent. Ce combat lui occasionne des souffrances physiques : il se blesse à la joue et se coupe à la main droite, sa main gauche se crispe au point qu'il ne peut bientôt plus s'en servir, et la corde de la ligne lui entaille le dos. Ensuite, Santiago pêche une dorade qu'il s'oblige à manger pour garder son énergie et, après avoir pris toutes les précautions nécessaires pour garder le contrôle de sa ligne, il s'accorde un peu de repos pour récupérer ses forces. Il s'endort un moment, mais une vive douleur à la main droite le réveille brutalement : l'espadon saute plusieurs fois hors de l'eau et, sous les secousses, Santiago tombe à plat ventre dans le bateau. Le vieux le distingue enfin et s'aperçoit qu'il a une taille gigantesque. Le combat se poursuit.

Au lever du troisième jour, l'espadon commence à tourner en rond en se rapprochant régulièrement de la surface. Le vieux pêcheur, épuisé, est pris de vertige, mais il tient bon. Il s'efforce d'amener l'espadon le plus près possible de sa barque. Dans un ultime effort, il le harponne par deux fois et le tue.

UNE VICTOIRE AU GOUT AMER

Le poisson est si grand que le ramener au bateau est une tâche difficile. Santiago doit d'abord guider sa barque près de l'espadon afin d'attacher sa tête et sa queue avec la corde du harpon. Il s'agit ensuite de le fixer le long du bateau. Ce travail effectué, le vieillard s'apprête à rentrer, et dresse le mât et la voile. Le bateau avance à vive allure. Pour conserver ses forces, le pêcheur attrape quelques crevettes dont il se nourrit et boit l'eau qu'il lui reste. Le vieil homme admire le poisson qu'il ne quitte pas des yeux : il se demande s'il rêve.

Mais, tout à coup, il aperçoit un requin qui suit le sillage de la barque et prend conscience du danger qui se prépare. Lorsque le requin attaque l'espadon, le pêcheur lui lance son harpon sur la tête, mais le prédateur se débat et casse la corde, puis coule en emportant le harpon. Deux heures plus tard, Santiago aperçoit deux autres requins qui se rapprochent : il arme une rame avec son couteau et réussit à les tuer. Un quatrième mord ensuite l'espadon : le vieil homme parvient également à le tuer, mais la lame de son couteau se casse. C'est alors que deux nouveaux requins surgissent, puis de nombreux autres. Malgré son courage, le vieil homme ne parvient pas à les empêcher de manger l'espadon, et bientôt il ne reste plus que le squelette du gros poisson. Santiago arrive en pleine nuit au port. Il enlève le mât et la voile. Il tombe plusieurs fois avant d'atteindre sa cabane. Exténué, il s'allonge sur son lit et s'endort.

Après l'épisode en mer, comme chaque jour, Manolin se rend chez Santiago. Il voit que le vieil homme respire et va lui chercher du café. À la suite des évènements des trois jours précédents, Manolin décide de repartir pêcher avec Santiago. Ils organisent donc leurs futures journées de travail. Le vieil homme se rendort finalement, et le jeune garçon reste à ses côtés.

ÉTUDE DES PERSONNAGES

SANTIAGO

Santiago est un vieux pêcheur solitaire qui vit dans une pauvreté extrême. Physiquement, il est très maigre, malgré ses épaules puissantes et son cou assez fort. Son visage est ridé, ses mains sont abimées. Il a un regard bleu, « gai et brave » (p. 6). Il est vêtu d'une chemise rapiécée et marche pieds nus. Sa cabane, construite en écorce de palmier et dépourvue d'eau courante, comporte un mobilier très rudimentaire posé sur la terre battue.

Santiago fait preuve d'humilité dans l'épreuve qu'il subit. Il n'éprouve pas de honte. Il a confiance en ses capacités de pêcheur, mais il sait qu'il ne peut pas lutter contre les maux dus au vieillissement, notamment la diminution de sa force physique et le raidissement de sa main gauche. Il sait aussi qu'il est impuissant contre la malchance. Cependant, il est persévérant, tenace et courageux. C'est un homme droit qui lutte contre son sort. Il a le sens de l'honneur.

Il aime la mer et il la connait bien. Il éprouve du respect pour toute forme de vie. Le combat qu'il doit mener contre l'espadon lui fait ressentir une sorte d'intimité avec ce poisson dont il admire la force.

En mer, Santiago exprime ses pensées oralement pour tromper sa solitude. Le vieil homme rêve souvent à ses aventures passées et aime parler de l'Afrique. Il est aussi passionné de baseball. Santiago se pose des questions sur le bien et le mal, sur la vie et la mort, et sur sa condition d'être humain. Il est en quête de sa raison d'être et a la sagesse de se remettre en question. Ainsi, après le gâchis causé par les requins, il s'excuse auprès de l'espadon d'avoir fait preuve de trop d'orgueil. C'est un personnage qui parait à la fois faible, humain et doté d'une puissance quasi surnaturelle.

MANOLIN

Manolin n'est pas décrit physiquement. C'est un jeune garçon qui a appris à pêcher avec Santiago à l'âge de cinq ans. Il aimait beaucoup partir à la pêche avec le vieil homme qui lui laissait prendre quelques responsabilités, mais ses parents l'ont obligé à s'embarquer sur un bateau ramenant de gros poissons. Manolin s'estime trop jeune pour leur désobéir.

Pourtant, le jeune garçon admire Santiago et le considère comme le meilleur pêcheur. En outre, il éprouve une grande affection pour le vieil homme, à l'instar d'un petit-fils pour son grand-père. Ainsi, Manolin prend soin de Santiago et veille à ce que celui-ci ait le nécessaire pour vivre : des appâts, du feu, un diner le soir et un café le matin. Ce personnage, malgré son jeune âge, semble posséder une certaine maturité. Il est courageux, simple et fait preuve de délicatesse envers son mentor.

Après les péripéties de Santiago en mer, Manolin est très ému par les souffrances endurées par le vieil homme. Il s'émancipe alors de ses parents et décide de repartir pêcher avec lui. S'il désire apporter son aide au vieil homme, il le fait aussi parce que Santiago peut lui permettre de perfectionner sa technique de pêche. De plus, tous deux s'entendent merveilleusement bien.

LES AUTRES PERSONNAGES

Ce livre ne comporte que deux personnages principaux :
Santiago et Manolin. Les autres personnages sont le patron
du café, son serveur, les touristes et trois hommes réduits
à leur prénom : Martin, Pedrico et Rogelio. Ce sont, pour
la plupart, des personnages masculins, en majorité des
pêcheurs. Les femmes ne sont qu'évoquées : on parle de
l'épouse de Santiago qui, semble être décédée, de la mère de
Manolin et d'une touriste.

CLÉS DE LECTURE

UN AUTEUR MARQUÉ PAR SON ÉPOQUE

La génération perdue

Dans *Le Vieil Homme et la Mer*, mais aussi dans toute l'œuvre de Hemingway, on ressent une note profonde de malaise et d'instabilité. Ce sentiment se retrouve chez d'autres auteurs de la même période, comme Francis Scott Fitzgerald (romancier américain, 1896-1940) ou John Steinbeck (romancier américain, 1902-1968). Ce n'est pas un hasard : ils appartiennent tous à cette même génération affolée et désespérée : la Génération perdue. Leurs points communs leur ont permis de donner naissance à un courant littéraire américain qui perdurera durant l'entre-deux-guerres ; après la Première Guerre mondiale (1914-1918), qui a détruit toutes les valeurs morales et sociales du XIXe siècle, et avant la Seconde Guerre mondiale (1939-1945), dont la menace devient de plus en plus réelle pour les citoyens.

Ce terme de « Génération perdue » (*Lost Generation*) a pour origine une remarque qu'aurait faite Gertrude Stein (femme de lettres américaine, 1874-1946) à Hemingway : « Vous êtes tous une génération perdue ». Cette phrase l'a profondément marqué ; il en fera l'épigraphe de son premier roman *Le soleil se lève aussi*. Stein décrivait par ces termes une génération marquée par la désillusion générale causée par le massacre de la guerre. Les jeunes gens en faisant partie remettent en question les anciennes valeurs de gloire, de patrie, et d'honneur, auxquelles ils croyaient. La perte sous-entendue dans le terme « Génération perdue » est celle des repères de ces jeunes revenus désenchantés de la guerre.

Chez de nombreux auteurs de cette période, et surtout chez Hemingway, la littérature regorge de personnages solitaires, qui connaissent les échecs malgré leur bravoure. On retrouve précisément cela dans *Le Vieil Homme et la Mer* : de nombreux requins attendent que l'homme obtienne ce dont il rêve avant de le lui retirer. Dans cette littérature, l'homme ne triomphe jamais tout à fait ; la victoire est toujours contrebalancée par l'échec, tout comme la capture de l'espadon se solde par l'attaque des requins. Pourtant, la conclusion du roman n'est pas totalement pessimiste : il s'achève sur une note d'espoir, puisque son héros, malgré sa défaite, gagne une victoire physique mais aussi morale sur lui-même.

Le Vieil Homme et la Mer montre en effet le développement de la pensée d'Hemingway à sa maturité : moins mélanco-lique que ses précédents livres, le roman est empreint d'une philosophie stoïque. Hemingway, apaisé, plus sage, semble y prendre du recul, en observant une réalité certes sombre, mais ponctuée de petites victoires. Malgré la perte de ses idéaux de gloire, d'honneur ou de patrie, pour Hemingway, la vie a été finalement plus forte : il est parvenu, d'une certaine façon, à redonner un sens à l'aventure humaine à travers son œuvre, qui va du scepticisme désespéré de ses premiers romans au stoïcisme de la maturité avec ce récit.

Le béhaviorisme

Ernest Hemingway est un écrivain influencé par le béhaviorisme, une théorie psychologique fondée sur l'observation objective des comportements. Elle a été développée au début du xxe siècle aux États-Unis par le psychologue John Broadus Watson (1878-1958). Pour les béhavioristes, l'analyse psychologique d'un individu se fait non pas à travers son intériorité et ses sentiments, mais à travers tout ce qui constitue son extériorité, son attitude. Il s'agit d'une psychologie du comportement. En littérature, on privilégie donc, pour développer un personnage, la description de ses actes plutôt que de ses émotions.

Dans l'ouvrage étudié, l'auteur décrit longuement les actions de ses personnages. Manolin, par exemple, est essentiellement développé à travers ses actions et ses propos : le lecteur n'a jamais accès à son intériorité, à un point de vue interne pouvant éclairer ses sentiments. L'extrait ci-dessous, où le jeune garçon retrouve le vieil homme qui rentre d'une pêche de trois jours, illustre très bien cette idée :

> « Le lendemain matin, le gamin entrouvrit la porte et passa

la tête. Le vieux dormait toujours. Le temps était trop
mauvais pour que les bateaux puissent sortir ; aussi le gamin
avait-il dormi tard. Comme les matins précédents, il était
venu. D'abord, il s'assura que le vieux respirait. Ensuite il vit
les mains et pleura. Sans bruit il sortit et courut chercher
du café. Il pleurait en dévalant la côte. » (édition Gallimard,
p. 143)

Il n'est pas dit ce que pense ou même ce que ressent Manolin
à la vue du vieux pêcheur. Pourtant, ce passage est chargé
d'émotions. Le lecteur comprend toute l'affection que le
garçon porte au vieil homme, qui prend soin de lui d'une
façon presque maternelle : il est venu tous les matins voir
s'il était rentré, il lui apporte du café, etc. Le narrateur ne
dit pas explicitement que Manolin est triste en voyant les
blessures de Santiago, mais la description de ses pleurs en
dit bien plus. Le narrateur ne décrit donc pas une émotion,
mais rend compte du geste qui la symbolise (c'est grâce aux
larmes de Manolin que l'on comprend qu'il est triste ; grâce
à son attitude dévouée que l'on saisit l'amour quasiment
filial qui unit les deux personnages).

Mais dans *Le Vieil Homme et la Mer*, comme dans certaines
nouvelles de l'auteur telles qu'*Un soldat chez lui* (1925), le
narrateur livre aussi l'intériorité du personnage principal par
le biais du monologue intérieur, ainsi que du monologue à
haute voix. Ainsi, les descriptions objectives alternent avec
le point de vue interne du pêcheur et rythment le roman :

« Il considéra le firmament, où de blancs cumulus, pareils
à de savoureux et gigantesques gâteaux à la crème, s'éta-
geaient. Plus haut, les fines plumes de cirrus caressaient le

ciel de septembre.
— Légère brisa, dit-il. Ce temps-là est meilleur pour moi que pour toi, poisson. » (*ibid.*, p. 70)

La description s'allie aux monologues pour décrire le paysage et le temps. Cela permet de découvrir l'aspect contemplatif du pêcheur, qui aime regarder le ciel, mais cela ne dure pas longtemps. Santiago, concentré sur sa tâche, pense très vite à l'avantage que le temps lui donne sur le poisson.

En effet, même si le lecteur a accès aux pensées du vieux pêcheur, celles-ci sont toujours tournées vers la situation présente. Le vieil homme est toujours dans l'action, ou dans l'anticipation de ce qu'il adviendra. Ses monologues intérieurs sont, pour la plupart, semblables à celui-ci : « Quand il fera jour, pensa-t-il, je tâcherai d'aller jusqu'à la ligne de quarante toises ; je la couperai et j'ajouterai les lignes de secours aux autres » (*ibid.*, p. 58). Le monologue ne sert jamais à l'introspection : Santiago ne livre jamais ses émotions ou sentiments. Si, parfois, une pensée mélancolique lui échappe, il se reprend très vite : « On devrait jamais rester seul quand on est vieux, pensa-t-il. Mais c'est inévitable. Surtout que j'oublie pas de manger le thon avant qu'il se gâte ! » (*ibid.*, p. 54) Le monologue intérieur n'est jamais le prétexte d'une introspection ou d'une analyse de soi. Au contraire, les réflexions du vieil homme sont sommaires ; elles restent à la surface. Même avec le point de vue interne, Hemingway s'interdit d'aller plus en profondeur dans la conscience de Santiago.

Les monologues intérieurs et à haute voix servent, au contraire, à décrire le comportement du vieil homme, et donc à laisser des indices au lecteur sur sa personnalité. Santiago est un pêcheur expérimenté, passionné et déterminé. Toutes ses pensées sont tournées vers ses actions car la pêche est tout ce qu'il a dans la vie. L'accumulation des monologues à haute voix accentue aussi sa solitude : il n'y a personne pour lui répondre.

Hemingway utilise donc le point de vue interne pour renforcer le béhaviorisme de son roman. Pour l'auteur, la vie intérieure d'un homme réside dans son appréhension du monde. Il y a, dans les silences du vieux pêcheur, bien plus de profondeur que dans ses dialogues (souvent courts et banals) avec Manolin.

La victoire dans la défaite

Dans l'œuvre étudiée, la victoire de Santiago, qui a réussi à ferrer l'espadon, semble se solder par un échec puisque les requins dévorent le poisson, anéantissant de la sorte tous ses efforts. Quand il ramène au port le squelette, le pêcheur éprouve un sentiment de défaite. Il revient bredouille pour la 85e fois. Pourtant, à la fin du roman, cette situation est tournée d'une manière positive lorsque Manolin fait remarquer au vieil homme qu'il a été plus fort que le poisson.

En effet, même s'il n'a pas triomphé des requins, le vieil homme a lutté vaillamment pendant trois jours pour capturer l'espadon, et n'a pas abandonné malgré ses blessures. Selon lui, « l'homme ne doit jamais s'avouer vaincu [...]. Un homme, ça peut être détruit, mais pas vaincu » (*ibid.*, p. 145). En effet, c'est en se surpassant que Santiago a triomphé du gigantesque poisson. Malgré son âge, ses blessures, la fatigue et la solitude, il a repoussé ses limites. « Tu tiendras jusqu'au bout », se dit-il (*ibid.*, p. 129). En triomphant du poisson, Santiago a gagné une victoire sur lui-même, en se prouvant qu'il était encore en possession de toutes ses forces.

Mais cette victoire n'est pas seulement physique. Le vieil homme a fait preuve de courage et a supporté son destin, aussi difficile soit-il, sans se plaindre (« Endure ton mal », *ibid.*). Il envisage même sa mort avec sérénité et assurance : « Poisson, je resterai avec toi jusqu'à ce que je sois mort. » (*ibid.*, p. 52) Santiago fait ainsi preuve de stoïcisme. Santiago a gagné en sagesse en dépassant non seulement ses limites mentales, mais aussi morales. Il a accompli son métier avec dignité, mais aussi dans le respect de l'adversaire. Il admire la ténacité et le courage de l'espadon, et lui parle comme à un homme : « Poisson, dit-il, je t'aime bien. Et je te respecte. » (*ibid.*, p. 62). Les deux ennemis sont étroitement unis dans leur combat sans merci. Mais, à l'arrivée des requins qui viennent dévorer le corps de l'espadon, les deux adversaires s'unissent : le vieil homme se bat pour défendre l'honneur de son poisson, qui s'est battu avec bravoure.

À travers le roman, on assiste réellement à une victoire contre le sort : Santiago, qui était « guignard » au début de l'intrigue, prouve aux pêcheurs qu'il peut trouver des poissons, et reconquiert ainsi le respect de ceux qui ne croyaient plus en lui. Cette victoire lui permettra de ne plus être seul, puisque Manolin l'accompagnera à nouveau lors de ses parties de pêche. Le vieil homme a donc triomphé contre son destin et contre lui-même, malgré la défaite finale. Il ressort enrichi par cette lutte et devient, sous la plume de Hemingway, le véritable héros d'un poème épique.

LA SOLITUDE

Le thème de la solitude apparait dès le début du livre avec la phrase : « Il était une fois un vieil homme, tout seul dans son bateau. » (p. 5) Cette solitude du vieil homme a plusieurs causes :

- Santiago est un vieillard ;
- il n'a pas attrapé de gros poissons depuis plusieurs mois alors que c'est son métier ;
- Manolin, son compagnon de pêche, s'est vu interdire par ses parents d'embarquer avec lui.

Santiago se trouve dans une solitude sociale : il ne dialogue qu'avec Manolin, et ses contacts avec les autres ne se font que par l'intermédiaire du jeune garçon.

Le vieil homme accepte cette situation, mais il en souffre. Il ressent notamment très fort le manque de son épouse : il a rangé la photographie de sa femme « sous sa chemise de rechange » (p. 15) pour y penser moins souvent. Il regrette aussi à plusieurs reprises l'absence de Manolin en mer. Par ailleurs, il sait que cet état l'affaiblit, même s'il l'affronte avec courage. Pour tromper sa solitude, Santiago parle tout seul ou s'adresse aux animaux (l'oiseau qui vient se reposer sur sa barque, l'espadon et les requins).

Cet isolement le met également face à lui-même. En effet, en mer Santiago se trouve dans une totale déréliction. Son

être intérieur n'est pas distrait par des influences exté-
rieures. Rien n'interfère dans son rapport avec lui-même. Le
vieux pêcheur ne peut donc échapper à son propre regard
sur lui-même, à sa propre vérité.

LA NATURE

Dans cette œuvre, le cadre naturel est composé par la mer,
les éléments qu'elle contient et l'espace qu'elle offre au
pêcheur, de jour comme de nuit.

Si cette mer représente pour certains un danger et est donc
envisagée comme une entité masculine, pour Santiago, elle
peut être comparée à une femme qui peut donner beaucoup,
mais aussi se montrer violente quand elle y est contrainte. Il
explique qu'elle est aussi, à l'instar de la femme, soumise au
magnétisme de la lune : « La lune la [la mer] tourneboule
comme une femme. » (p. 35) Mais, même pour le vieillard, la
mer a deux visages : elle est à la fois attirante quand elle est
calme et sereine, et dangereuse car elle peut emporter un
homme et lui ôter la vie.

Santiago apprécie la nature et la mer, dont il a l'expérience.
Il est sensible aux parfums, aux sons et aux images qui en
émanent : la nuit, il peut voir « les algues phosphorescentes
du Gulf Stream » (p. 32), et son oreille exercée peut entendre
« les vibrations des poissons volants » (p. 33) ; le jour, il
apprécie le bleu des collines, et la danse des méduses aux
couleurs irisées. De plus, son isolement renforce son lien
avec la mer. La nature fournit également des indications
importantes au pêcheur. Par exemple, l'état du ciel lui
permet de prévoir le temps, le courant l'aide à se repérer,

et en saison, le vol de l'aigle de mer et les bancs de poissons le conduisent vers une zone où il a des chances de trouver de grosses prises. Aussi est-ce dans la nature qu'il puise ses forces : il se nourrit d'œufs de tortue, d'huile de foie de requin et de poissons, et compte sur le soleil et le sel de l'eau pour sécher ses blessures.

Même si sa condition l'oblige à tuer des animaux, Santiago se sent moralement et affectivement lié à eux. Comme ces derniers, il appartient au monde des créatures vivantes et il est dès lors obligé de se battre pour sa survie. Lors de sa lutte avec le poisson, il dit : « Ça m'est égal lequel de nous deux tue l'autre » (p. 129), parce que, pour lui, il s'agit d'un duel où la vie et la mort se jouent pour chacun des combattants. D'ailleurs, Santiago aime l'espadon : il apprécie sa force, sa résistance, son acharnement à vouloir se libérer.

Toutefois, la mise à mort de l'espadon lui pose un problème moral. Santiago a besoin de justifier son acte, d'autant plus que c'est la ruse qui lui a permis de vaincre le poisson. Est-ce une faute ? « Si tu l'aimes, c'est pas un péché de l'avoir tué. Ou c'est-y encore plus mal ? », se demande-t-il (p. 148). A-t-il été trop loin en mer et a-t-il été trop ambitieux pour affirmer sa dignité de pêcheur ? En effectuant consciencieusement son métier, en tuant sans haine un poisson que l'on respecte et avec qui l'on ressent même un lien fraternel, accomplit-on un crime ? Si Santiago a commis une faute, l'attaque des requins en mer en est-elle la punition ? Le vieillard médite ainsi sur le bien et le mal.

LA MORT

La mort est l'un des thèmes centraux du livre. Elle est exprimée de manière explicite : les tortues de mer tuent les méduses ; les dorades mangent les poissons volants ; l'aigle de mer cherche à se nourrir de poissons ; Santiago tue l'espadon et les requins. De plus, dans son combat avec le gros poisson, il voit lui aussi la mort en face : il doit tuer ou mourir. La mort côtoie donc la vie ; on ne peut y échapper.

Mais la mort est aussi évoquée implicitement. Santiago est un vieillard et, indépendamment du danger qu'il prend en combattant seul en pleine mer un poisson gigantesque, il sait que la vie n'est pas éternelle, que son âge et ses conditions de vie difficiles le rapprochent de la fin. Le contraste entre la jeunesse de Manolin, qui a la vie devant lui et qui a « encore des tas de trucs à apprendre » (p. 176), et l'âge avancé du héros renforce l'idée de l'imminence de la mort de ce dernier. On peut à ce titre se demander comment interpréter son sommeil à la fin du livre.

PISTES DE RÉFLEXION

QUELQUES QUESTIONS POUR APPROFONDIR SA RÉFLEXION...

- Considérez-vous cette œuvre comme une nouvelle ou comme un roman ? Justifiez votre opinion.
- Comparez cette œuvre avec la vie de l'auteur. Contient-elle des passages autobiographiques ? Peut-on pour autant dire qu'il s'agit d'une autobiographie ?
- Selon vous, peut-on qualifier cette œuvre de récit épique ?
- L'auteur a déjà raconté des histoires de pêche dans des livres publiés avant *Le Vieil Homme et la Mer*. Lesquels ? Comparez ces récits avec le roman.
- Sénèque (philosophe latin, 4 av. J.-C.-65 apr. J.-C.) écrit dans *De Providentia* : « Les destins nous conduisent [...]. Il faut tout accepter courageusement. » Trouvez-vous un écho de cette pensée dans *Le Vieil Homme et la Mer* ? Expliquez.
- Le vieil homme, à l'inverse des jeunes pêcheurs, compare la mer à une femme. Pourquoi ? Quels exemples peut-on trouver dans le texte ?
- Dans *L'Adieu aux armes*, Hemingway écrit : « C'est quand on est vaincu qu'on devient chrétien. » Cette citation peut-elle s'appliquer à Santiago ?
- Peut-on voir des allusions bibliques dans le texte ?
- Selon vous, Santiago peut-il être considéré comme un héros ?
- Ernest Hemingway et André Malraux (écrivain et homme politique français, 1901-1976) ont tous les deux participé

à la guerre civile d'Espagne. Cette expérience a inspiré à chacun d'eux un livre. Lesquels ? Ces ouvrages ont-ils des points communs ?

POUR ALLER PLUS LOIN

ÉDITIONS DE RÉFÉRENCE

- Hemingway E., *Le Vieil Homme et la Mer*, Paris, Le Livre de Poche, 1970.
- Hemingway E., *Le Vieil Homme et la Mer*, Paris, traduction de Jean Dutourd, Gallimard, coll. « Folio », 1971

ÉTUDES DE RÉFÉRENCE

- Astre G.-A *et alii*, *Hemingway*, Paris, Hachette, coll. « Génies et Réalités », 1969.
- « Ernest Hemingway », in *Larousse en ligne*, consulté le 3 novembre 2016, http://www.larousse.fr/encyclopedie/personnage/Ernest_Hemingway/123555
- Hily-Mane G., Le Vieil Homme et la Mer *d'Ernest Hemingway*, Paris, Gallimard, coll. « Foliothèque », 1991.
- Mourlon J.-P., « Génération perdue », in *Universalis en ligne*, consulté le 3 novembre 2016, http://www.universalis.fr/encyclopedie/generation-perdue/

ADAPTATIONS

- *Le Vieil Homme et la Mer*, film de John Sturges, avec Spencer Tracy et Felipe Pazos, États-Unis, 1958.
- *Le Vieil Homme et la Mer*, téléfilm de Jud Taylor, avec Anthony Quinn, États-Unis, 1990.
- *Le Vieil Homme et la Mer*, film d'animation d'Alexandre Petrov, Russie, 1999.

SUR LEPETITLITTÉRAIRE.FR

- Fiche de lecture sur *Paris est une fête* d'Ernest Hemingway.

www.lepetitlitteraire.fr/

ISBN version numérique : 978-2-8062-2016-5
ISBN version papier : 978-2-8062-1161-3
Dépôt légal : D/2013/12603/357

Avec la collaboration de Pauline Coullet pour le chapitre :
« Un auteur marqué par son époque ».

Conception numérique : Primento,
le partenaire numérique des éditeurs.

Ce titre a été réalisé avec le soutien de la Fédération Wallonie-Bruxelles, Service général des Lettres et du Livre.

Retrouvez notre offre complète sur lePetitLittéraire.fr

- des fiches de lectures
- des commentaires littéraires
- des questionnaires de lecture
- des résumés

ANOUILH
- Antigone

AUSTEN
- Orgueil et Préjugés

BALZAC
- Eugénie Grandet
- Le Père Goriot
- Illusions perdues

BARJAVEL
- La Nuit des temps

BEAUMARCHAIS
- Le Mariage de Figaro

BECKETT
- En attendant Godot

BRETON
- Nadja

CAMUS
- La Peste
- Les Justes
- L'Étranger

CARRÈRE
- Limonov

CÉLINE
- Voyage au bout de la nuit

CERVANTÈS
- Don Quichotte de la Manche

CHATEAUBRIAND
- Mémoires d'outre-tombe

CHODERLOS DE LACLOS
- Les Liaisons dangereuses

CHRÉTIEN DE TROYES
- Yvain ou le Chevalier au lion

CHRISTIE
- Dix Petits Nègres

CLAUDEL
- La Petite Fille de Monsieur Linh
- Le Rapport de Brodeck

COELHO
- L'Alchimiste

CONAN DOYLE
- Le Chien des Baskerville

DAI SIJIE
- Balzac et la Petite Tailleuse chinoise

DE GAULLE
- Mémoires de guerre III. Le Salut. 1944-1946

DE VIGAN
- No et moi

DICKER
- La Vérité sur l'affaire Harry Quebert

DIDEROT
- Supplément au Voyage de Bougainville

DUMAS
• Les Trois
  Mousquetaires

ÉNARD
• Parlez-leur
  de batailles,
  de rois et
  d'éléphants

FERRARI
• Le Sermon sur la
  chute de Rome

FLAUBERT
• Madame Bovary

FRANK
• Journal
  d'Anne Frank

FRED VARGAS
• Pars vite et
  reviens tard

GARY
• La Vie devant soi

GAUDÉ
• La Mort du
  roi Tsongor
• Le Soleil des
  Scorta

GAUTIER
• La Morte
  amoureuse
• Le Capitaine
  Fracasse

GAVALDA
• 35 kilos d'espoir

GIDE
• Les
  Faux-Monnayeurs

GIONO
• Le Grand
  Troupeau
• Le Hussard
  sur le toit

GIRAUDOUX
• La guerre de
  Troie
  n'aura pas lieu

GOLDING
• Sa Majesté des
  Mouches

GRIMBERT
• Un secret

HEMINGWAY
• Le Vieil Homme
  et la Mer

HESSEL
• Indignez-vous !

HOMÈRE
• L'Odyssée

HUGO
• Le Dernier Jour
  d'un condamné
• Les Misérables
• Notre-Dame
  de Paris

HUXLEY
• Le Meilleur
  des mondes

IONESCO
• Rhinocéros
• La Cantatrice
  chauve

JARY
• Ubu roi

JENNI
• L'Art français
  de la guerre

JOFFO
• Un sac de billes

KAFKA
• La Métamorphose

KEROUAC
• Sur la route

KESSEL
• Le Lion

LARSSON
• Millenium I. Les
  hommes qui
  n'aimaient pas
  les femmes

LE CLÉZIO
• Mondo

LEVI
• Si c'est un
  homme

LEVY
• Et si c'était vrai…

MAALOUF
• Léon l'Africain

MALRAUX
- La Condition humaine

MARIVAUX
- La Double Inconstance
- Le Jeu de l'amour et du hasard

MARTINEZ
- Du domaine des murmures

MAUPASSANT
- Boule de suif
- Le Horla
- Une vie

MAURIAC
- Le Nœud de vipères

MAURIAC
- Le Sagouin

MÉRIMÉE
- Tamango
- Colomba

MERLE
- La mort est mon métier

MOLIÈRE
- Le Misanthrope
- L'Avare
- Le Bourgeois gentilhomme

MONTAIGNE
- Essais

MORPURGO
- Le Roi Arthur

MUSSET
- Lorenzaccio

MUSSO
- Que serais-je sans toi ?

NOTHOMB
- Stupeur et Tremblements

ORWELL
- La Ferme des animaux
- 1984

PAGNOL
- La Gloire de mon père

PANCOL
- Les Yeux jaunes des crocodiles

PASCAL
- Pensées

PENNAC
- Au bonheur des ogres

POE
- La Chute de la maison Usher

PROUST
- Du côté de chez Swann

QUENEAU
- Zazie dans le métro

QUIGNARD
- Tous les matins du monde

RABELAIS
- Gargantua

RACINE
- Andromaque
- Britannicus
- Phèdre

ROUSSEAU
- Confessions

ROSTAND
- Cyrano de Bergerac

ROWLING
- Harry Potter à l'école des sorciers

SAINT-EXUPÉRY
- Le Petit Prince
- Vol de nuit

SARTRE
- Huis clos
- La Nausée
- Les Mouches

SCHLINK
- Le Liseur

Analyse de l'œuvre
Germinal
d'Émile Zola

Analyse de l'œuvre
L'Étranger
d'Albert Camus

Analyse de l'œuvre
Le Père Goriot
de Balzac

Analyse de l'œuvre
Candide ou l'Optimisme
de Voltaire

Analyse de l'œuvre
Oscar et la Dame rose
d'Éric-Emmanuel Schmitt